BRAVO!
est capable de lire ce livre!

D1367743

À Ted Enik, avec toute ma reconnaissance
— J.O'C.

À Teri, avec de pleins « paniers » d'amour
— R.P.G.

À R.P.G., avec mes remerciements les plus frais!
— T.E.

Catalogage avant publication de Bibliothèque et Archives Canada

O'Connor, Jane
[Apples galore! Français]
Cueillette au verger / Jane O'Connor ; illustrations, Robin Preiss Glasser ; texte français d'Hélène Pilotto.

(Je lis avec Mademoiselle Nancy)
Traduction de : Apples galore!
ISBN 978-1-4431-3828-4 (couverture souple)

I. Preiss-Glasser, Robin, illustrateur II. Pilotto, Hélène, traducteur III. Titre. IV. Titre : Apples galore! Français. V. Collection : O'Connor, Jane. Je lis avec Mademoiselle Nancy.

PZ23.O26Cue 2014 j813'.54 C2014-901371-X

Édition publiée par les Éditions Scholastic,
604, rue King Ouest, Toronto (Ontario) M5V 1E1,
avec la permission de HarperCollins.

5 4 3 2 1 Imprimé au Canada 119 14 15 16 17 18

Je lis avec Mademoiselle

Cueillette au verger

Jane O'Connor

Illustration de la couverture : Robin

Illustrations des pages intérieures

Texte français d'Hélène Pilotto

Éditions SCHOLASTIC

J’adore l’automne. L’air est frais. Les feuilles des arbres se parent de couleurs vives. (« Se parer », c’est un mot chic qui signifie être orné de belles choses.)

Oh là là! Aujourd’hui, notre classe va au verger. Nous allons cueillir des pommes.

Dans l'autobus, Lionel est assis à côté de moi. Je lui dis :

— J'espère qu'il y aura des pommes Gala. Mon père les adore. Un gala, c'est une fête très chic. Ces pommes sont sûrement très belles!

Lionel ne répond pas. Il se couvre la bouche d'une main et a un haut-le-cœur. Est-ce le mal des transports?

— Arrêtez! lance Mme Mirette au chauffeur.

Lionel pouffe et s'écrie :

— C'était une blague!

Mme Mirette réprimande Lionel. C'est un mot chic pour dire « gronder ».

Elle doit souvent le réprimander.

Nous arrivons au verger. Un verger, c'est un terrain planté d'arbres fruitiers. Chaque arbre est chargé de pommes. Il y a des pommes à profusion!

— Prenez chacun un panier, nous dit Mme Mirette. Surtout, n'oubliez pas : il est interdit de grimper aux arbres. Il y a beaucoup de pommes sur les branches basses.

J’en ramasse un plein panier.

Lionel préfère jongler.

Il est expert en jonglerie.

Tout à coup, il s’arrête.

Il laisse tomber les pommes et se met

à courir en criant :

— Aïe! Aïe! Des abeilles m'ont piqué!

Mme Mirette se précipite vers nous. Autrement dit, elle vient vite nous trouver.

Lionel éclate de rire et s'exclame :

— Je plaisantais!

— Ce n'est pas drôle, lui explique Mme Mirette.
Une fois de plus, elle doit réprimander Lionel.

Par la suite, Lionel se conduit bien.
Nous cueillons beaucoup de pommes :
certaines de la variété Jonathan,
d'autres de la variété Honeycrisp.

Mais nous ne trouvons pas de pommes Gala.

— Allons voir par là, propose Lionel.

Et il détale comme un lapin.

J'hésite à m'éloigner du groupe,
mais je dois rester avec Lionel.
Je me lance à sa poursuite.

Voilà! Les pommiers Gala sont ici!

Mais il y a un problème…

Les pommes sont tout en haut

de l’arbre.

J'aperçois un escabeau tout près. Lionel ne veut pas m'aider à aller le chercher. Il préfère grimper dans l'arbre. Je lui rappelle :

— Mme Mirette a dit que c'était interdit.

Mais bien sûr, Lionel n'écoute pas. Il continue à grimper. Il avance sur une branche. Il y a des pommes Gala à profusion!

Lionel secoue la branche, mais les pommes ne tombent pas.

— Attention! lui dis-je.

La branche craque. Serait-elle en train de se casser?

— À L'AIDE! À L'AIDE! crie Lionel.

À mon tour, je crie :

— À L'AIDE! À L'AIDE!

Des enfants nous regardent et rient. Ils croient que c'est une blague. Mme Mirette ne nous entend pas. Elle est trop loin.

Je demande à Lionel :

— Peux-tu sauter de l'arbre?

— Non, c'est trop haut! dit-il.

Soudain, je pense à l'escabeau. Je cours le chercher. Il est très lourd. Je suis en nage. (C'est une façon chic de dire que je transpire beaucoup.)

Mme Mirette vient m'aider.

Elle voit que c'est sérieux.

Nous plaçons l'escabeau ensemble.

Lionel descend de l’arbre.

Crac!

La branche se casse!

Les pommes tombent par terre.

Mme Mirette est très fâchée.
Elle prive Lionel de
promenade en carriole et
de compote de pommes.

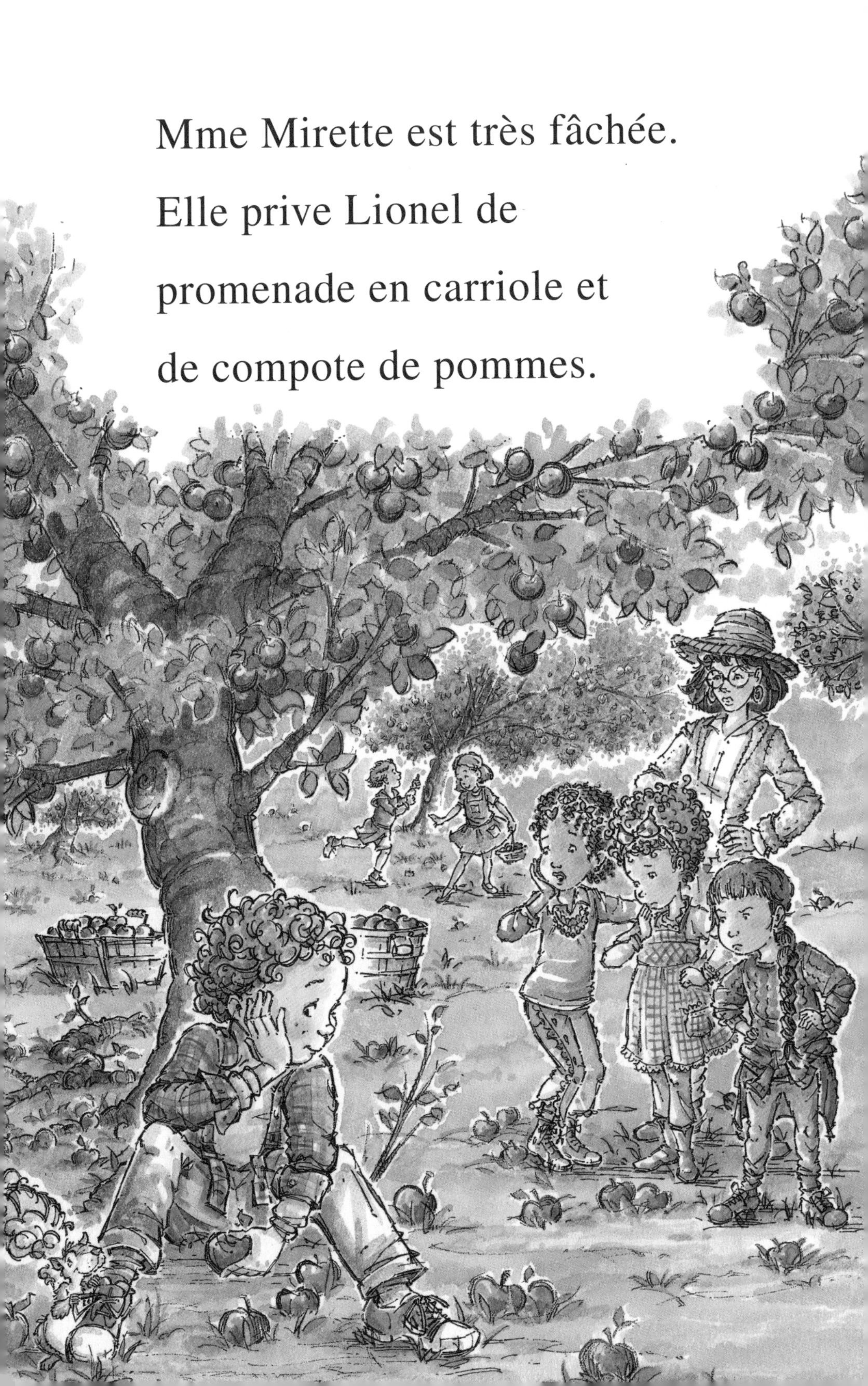

Sur le chemin du retour,

je dis à Lionel :

— Merci pour les pommes Gala.

J’ai réussi à lui garder un peu de compote. Il l’engouffre et lâche un rot. Quel bêta!

Puis, Lionel et moi mangeons chacun une pomme Gala. Elles n'ont rien de chic, mais elles sont délectables (un mot chic qui signifie « délicieux »). Il en reste beaucoup pour mon père. Des pommes Gala à profusion!

Les mots chics de Mademoiselle Nancy

Voici les mots chics du livre :

à profusion : à volonté, en grande quantité
délectable : délicieux, dont le goût est très agréable
être en nage : transpirer beaucoup
un gala : une grande fête très chic
se parer : être orné de belles choses
se précipiter : arriver en hâte, se presser
réprimander : gronder quelqu'un
un verger : un terrain planté d'arbres fruitiers